AF319394

DISCOURS
PRONONCEZ
DANS L'ACADÉMIE
FRANÇOISE

Le Lundy dix-huitiéme Aouſt M DCC XX I.

A LA RECEPTION

DE MONSIEUR L'EVESQUE DE SOISSONS.

A PARIS,

Chez JEAN-BAPTISTE COIGNARD, Imprimeur ordinaire du Roy
& de l'Académie Françoiſe, ruë S. Jacques à la Bible d'or.

M DCC XX I.

AVEC PRIVILEGE DE SA MAJESTÉ.

MONSIEUR L'EVESQUE DE SOISSONS ayant esté éleu par Messieurs de l'Académie Fran-çoise, à la place de feu Monsieur le Marquis D'ARGENSON, *Garde des Sceaux de France, y vint prendre séance le Lundy dix huitiéme Aoust* 1721. *& prononça le Discours qui suit.*

ESSIEURS,

L'ACADÉMIE de Soissons qui s'honore du titre de vostre fille aisnée, avoit jusqu'icy borné mon ambition. Les hommes choisis qui la composent m'adopterent pour Confrere, lors-que la Providence m'appella pour estre leur

A ij

Pasteur ; & je me croyois assez honoré, d'avoir par leur societé quelque rapport avec Vous.

Mais cette espece d'alliance qui m'approchoit de Vous, m'apprit bientost combien j'en estois éloigné. Plus je meditois vos ouvrages, plus je sentois la difference qui se trouve entre les Maistres & leurs Eleves. Je me faisois mesme un merite de concevoir combien il est difficile de s'élever jusqu'à vous ; & je ne croyois pas pouvoir prétendre à me voir un jour associé dans une Compagnie, dont je sentois si vivement la superiorité.

Telles estoient mes pensées, lorsque j'appris que vos suffrages m'accordoient ce que je n'osois demander, ni presque desirer : & la premiere idée que me suggera cette faveur, dont ma juste défiance me faisoit sentir tout le prix, ce fut que je devois mesurer ma reconnoissance sur la distance qui nous separoit. Oserois-je comparer en effet, ce peu d'escrits que j'ay pu donner, avec cette multitude d'ouvrages exquis sortis de vos mains, qui fournissent à tous les Estats, à tous les âges, à toutes les sciences, des modelles, des instructions & des delices ? Histoires aussi agreables qu'utiles ; Poësies sublimes, naturelles, delicates ; Recherches curieuses & interessantes ; Fables ingenieuses ; Discours animés de cette éloquence masle qui persuade, qui touche, qui enchante. Que fçai-je ! Les fciences les plus feches, les moins fufceptibles des graces de l'efprit, trouvent parmy Vous des Maiftres capables de les rendre & agreables & intelligibles. La Philofophie avec fes profondeurs, la Geometrie avec fes problê-mes, la Metaphyfique avec fes précifions, de-viennent dans vos mains des champs femés de fleurs ; & par une éloquence fuperieure à tou-tes les difficultés, vous fçavez rendre aimable & facile, ce qui jufqu'à vous n'avoit eu que de la rudeffe & des efpines.

Ainfi s'accompliffent tous les jours les vaftes deffeins du Cardinal de R i c h e l i e u. En efta-bliffant une Societé qui devoit polir noftre lan-gue, il voulut polir par elle toutes les fciences, en reveiller le gouft, en faciliter l'eftude, en perpetuer la durée ; afin que ce Royaume empruntaft des belles Lettres, le mefme efclat qu'il tiroit desja de fa puiffance, & qu'il poffe-daft en tout genre, la fuperiorité fur les autres Nations. Depuis ce miniftere fameux, que de richeffes ! que de conqueftes ! mais depuis ce mefme miniftere que de trefors dans l'ordre de l'efprit ! La Poëfie devenuë plus exacte & plus coulante, l'Eloquence plus folide & plus inftructive, la Langue plus correcte & plus ri-che, les Sciences abftraites plus familieres ; la Theologie mefme, la fublime Theologie, malgré l'obfcurité de fes myfteres & la fubti-

 D I S C O U R S

lité de ſes controverſes, devenuë intelligible
& populaire, juſqu'à ce point que nous com-
mençons à craindre qu'elle ne le ſoit trop.

Voilà, MESSIEURS, ce que le grand ARMAND
prévit, ce qu'il projetta, ce qu'il executa, & ce
que le ſage SEGUIER ſouſtint aprés luy. Ne ſe-
parons point ces deux grands Hommes, que
la qualité de Protecteurs de l'Académie naiſ-
ſante réünit dans le point de veuë qui vous les
rend chers. Ils ne ſe bornerent pas à raſſembler
des hommes celebres; ils voulurent en former
d'autres, & en rendre la ſucceſſion à jamais
durable parmi nous.

En effet, aprés les grands Perſonnages qui
compoſerent les premiers cette Compagnie
ſçavante, l'Heroïſme dans l'Empire des Lettres
s'eſt perpetué, s'eſt multiplié, s'eſt rendu pour
ainſi dire commun dans la Nation. L'antiquité
a veu avec admiration ces Auteurs fameux, qui
ont merité la juſte renommée dont ils jouïſ-
ſent encore. Mais (ſi l'on excepte les temps
d'Auguſte) à peine la pluſpart des autres ſiecles
ont-ils produit quelques-uns de ces hommes
celebres. Il faut feuilleter l'Hiſtoire de pluſieurs Empires; ou dans le meſme Empire
l'Hiſtoire de pluſieurs ſiecles, pour y trouver
quelques Auteurs dignes de l'immortalité.
La France depuis la fondation de l'Académie
a eu l'avantage de produire, non quelques

hommes ; mais une multitude d'hommes celebres, & de les poſſeder à la fois. Paris ſeul
raſſemble quarante Perſonnes illuſtres par leur
gouſt, par leurs talents , par leurs eſcrits dignes d'eſtre admirés de la poſterité. On ſçait
où l'on peut trouver , où l'on peut contempler
à la fois , ce qui pris en détail , feroit la gloire
de pluſieurs Nations & la richeſſe de pluſieurs
ſiecles. On voit avec le meſme eſtonnement
que cette Compagnie nombreuſe, a de tous
coſtez des éleves , des aſpirans, des imitateurs.
Les Provinces ont leurs Académies ; & ces So-
cietés qui fleuriſſent ſous voſtre protection,
vous donnent ſur la pluſpart des ſiecles paſſés
l'avantage d'une glorieuſe fecondité qu'ils ne
connoiſſoient preſque pas.

Ce n'eſt pas ſeulement une Société nombreuſe, ce n'eſt pas ſeulement une ſucceſſion
conſtante & durable d'hommes celebres, que
j'admire dans l'eſtabliſſement de l'Académie.
J'enviſage encore en elle un moyen efficace de
former ſans ceſſe de grands hommes dans toutes les vertus civiles, par cette émulation de
gloire que vos ouvrages entretiennent dans la
Nation. C'eſt ce deſir d'eſtre loué par des
hommes louables, c'eſt cette noble émulation
qui forme le courage dans les guerriers, la
probité dans les Magiſtrats, la fidelité dans
les Sujets, la clemence dans les Grands, l'amour

de la Patrie, le défintereſſement, le zele du
bien public dans les citoyens. Or qui excite
ces ſentiments? qui les anime ? qui les per-
petuë ? ce ſont les Eſcrivains illuſtres, qui
comme vous, ſçavent peindre les beautés de
la vertu, louer dignement les hommes qui la
pratiquent, rendre odieux par des Satyres cir-
conſpectes ceux qui la meſpriſent,& réveiller
par les traits d'une éloquence ſublime,ce fonds
de droiture que Dieu a placé dans le cœur
de tous les hommes. Les Heros fourniſſent aux
hommes de Lettres la matiere de leurs hiſtoires
& de leurs éloges, mais reciproquement les
eſcrits des hommes de Lettres fourniſſent aux
Heros les modelles qu'ils doivent copier. Achil-
les, Uliſſe, Alexandre, Ceſar, n'auroient point
eu d'imitateurs s'ils n'avoient point eu d'Hiſto-
riens. Les vives images que peignent l'Eloquence & la Poëſie rendent preſentes les actions heroïques des grands Hommes qu'elles
celebrent, on croit les voir, & on rougit de ne
les pas ſuivre. On eſt excité à faire comme eux
pour meriter les meſmes louanges qu'ils ont
acquiſes ; & c'eſt à l'éloge des premiers Hommes qui ſe ſont rendus fameux, que l'on doit
le merite de ceux qui les ont imités.

C'eſt là, Messieurs, ce que le plus grand
des Rois avoit compris, lorſqu'il jugea que le
titre de voſtre Protecteur eſtoit digne de la
Majeſté

Majefté Royale. Il fait plus. Afpirant à l'immortalité, il veut voir de prés ces Hommes
Illuftres qui en font les difpenfateurs, & il les
place dans fon Palais. Il veut que les Maiftres
de la Sageffe & des folides loüanges, habitent
fous un mefme toict avec les Maiftres du mon-
de. En approchant de fon Throfne les diftri-
buteurs de la gloire, il en veut efcarter pour jamais la rudeffe, la barbarie, & l'ignorance, &
il prépare à fes defcendants dans leur propre
demeure des exemples utiles, des leçons falu-
taires, de fages applaudiffements, & des cenfu-
res à craindre aux Souverains mefme. En un
mot il veut que les Rois ayent tousjours fous
leurs yeux le vray merite, pour les obliger d'en
prendre le gouft, d'en acquerir les juftes loüanges, & d'en craindre la critique.

Vous fçavez, Messieurs, quels fruits tire-
rent de ces leçons domeftiques, ces Princes,
qu'on pleurera tousjours & qu'on ne pleurera
jamais affez, tous élevez par des Maiftres tirez
de voftre Corps, feul digne d'eftre deftiné à
fournir des inftituteurs aux Rois. Vous avez
veu encore ce que pouvoit cette émulation
dont je parle dans le Prince qui tient aujour-
d'huy les Refnes de l'Etat. C'eft elle qui a
allumé dans fon ame ce noble feu, ce courage
heroïque tant de fois admiré dans les combats;
c'eft elle qui a formé dans fon cœur la clemen-

ce, l'affabilité, la liberalité, vertus fi raremēt alliées avec la puiffance; c'eſt elle qui a élevé fon eſprit aux connoiſſances les plus fublimes, qui l'a rendu fuperieur aux plus grandes affaires, qui a cultivé en lùy cette conception vive & eſtenduë qui luy fait approfondir fans effort les fciences les plus abſtraites. Prince digne de nos hommages par tant d'endroits, mais particulierement par celuy-cy, plus propre à intereſſer les amateurs des belles Lettres, puiſqu'il leur rend par fa penetration & par fes lumieres ce qu'il en a receu par l'éducation. Les Princes protegent quelquefois les Sciences, fans les gouſter, fans preſque les connoiſtre. Celuy cy les connoiſt, il les gouſte, il les perfectionne, il les enrichit par fes recherches, & par la multitude de fes connoiſſances, il réünit dans fa perfonne, ce qui dans les fiecles paſſez auroit donné de la renommée à pluſieurs perfonnages.

Loüis XIV tira le premier le fruit de ce fecours qu'il préparoit à fa Maiſon & à fes Succeſſeurs. Quelle ardeur pour la folide gloire vos loüanges ne formerent-elles pas dans fon cœur! & quelles vertus en furent les fuites! Faut-il faire la guerre à toutes les Puiſſances liguées? il eſt actif, il eſt intrepide, il eſt conquerant. Faut-il rendre la paix à l'Europe? il ne la fait pas, mais il la donne. Faut-il reformer les abus dans la Finance, dans la Juſtice,

dans les Armées? ce n'eſt plus un victorieux,
c'eſt un ſage Legiſlateur. Faut-il ſoûlager les
peuples dans des calamitez publiques? il eſt
charitable, il eſt liberal, il eſt pere. Faut-il
eſtendre la foy, la ſouſtenir ou la défendre?
il eſt preſque le Pontife de Dieu, & la Religion ſemble eſtre ſa vertu unique.

.   J'avoüe, MESSIEURS, que c'eſt là ce qui me
touche le plus dans le portrait de LOUIS LE
GRAND, & le trait que j'aimerois à peindre.
Je laiſſe aux Guerriers qui ſont parmy vous
à peindre en luy le victorieux; aux ſages Po-
litiques à repreſenter le Legiſlateur. Pour moy,
je ne voudrois loüer que cette Religion ſin-
cere, qui ne fut ni abbattuë dans les malheurs,
ni oubliée dans les triomphes, ni eſteinte dans
les plaiſirs, ni déconcertée à la mort. Ache-
vez-le, MESSIEURS, ce portrait que je ne fais
qu'ébaucher, & adjouſtez ce que je ne puis dire,
meſme avec cette eſtincelle d'éloquence que
voſtre preſence peut m'inſpirer. Chargez vous
à mon défaut, de rendre à la memoire de ce
Monarque, tout ce dont ma reconnoiſſance
ſe croit redevable envers luy. Mais dans les
éloges que vous ferez de luy, quand vous par-
lerez de ſon attention ſur ſes peuples, de ſes
ſoins pour en regler les mœurs, par une police ſalutaire, n'oubliez pas cet illuſtre Confrere que vous regrettez, dont LOUIS connut

le merite, & qu'il fit le Miniftre de fa vigilance fur la plus chere partie de fon peuple.
Il eft de la gloire du Roy d'avoir tiré de la
Province un Sujet digne des faveurs de fon
Maiftre par la noblefle de fa Race, & par l'é-
levation de fon efprit. C'eft la gloire de cet
illuftre mort d'avoir eu part à la confiance de
LOUIS LE GRAND, c'eft noftre confolation
de rappeller le fouvenir des talents de celuy
que nous avons perdu.

Le Roy partagea, pour ainfi dire, avec luy,
le Gouvernement, non du Royaume ; mais
d'une Ville qui feule vaut un Royaume, &
à laquelle de grands Eftats ne peuvent eftre
comparez, en habitans, en richefles, en commerce ; difons-le hardiment, en mouvements,
en cabales, & en paffions. Cette Ville immen-
fe qui renferme autant d'interefts differents
que de Nations diverfes, autant de befoins que
de peuples, autant d'intrigues que de maifons,
autant de troubles à appaifer ou à prévenir, qu'il
y a de paffions & de gens qui s'y laiffent em-
porter : cette Ville, dis-je, eftoit maintenuë
dans l'abondance & dans la paix, par l'auftere
vigilance du Lieutenant de Police. On auroit
crû que cette populace auffi tranquille que
nombreufe, n'eftoit qu'une feule famille, dont
il pacifioit les querelles, dont il jugeoit les
differents, dont il regloit les occupations ,

dont il procuroit la nourriture.

C'eſtoit meſme trop peu pour luy de pourvoir à la ſubſiſtance & à la ſeureté du peuple, il eſtendoit ſes ſoins ſur tout ce qui pouvoit contribuer à ſa felicité. Le commerce, les promenades, les aſſemblées publiques, la police des ruës, l'ordre des hoſpitaux ; rien n'eſchappoit à ſa vigilance. A voir comment il s'occupoit de tous ces détails, & la nuit & le jour, ſouvent aux deſpens de ſes repas & de ſon ſommeil, on euſt dit qu'il n'avoit point de corps. A voir comment il ſçavoit tout, il pourvoyoit à tout, il eſtoit par tout, on euſt dit qu'il en avoit pluſieurs. Au moins auroit-on crû que pluſieurs Magiſtrats partageoient le travail dont il ſe chargeoit ſeul. Et ces nombreuſes occupations trouvoient en luy un genie encore plus vaſte, que rien ne jettoit dans l'embarras ou dans le trouble. Tranquille au milieu de ſes audiences tumultueuſes, il reſpondoit à tout ſans confuſion, il moderoit tout ſans inquietude, ſans s'eſmouvoir, preſque ſans parler. Un inſtant luy ſuffiſoit pour expedier à la fois pluſieurs affaires differentes. Son regard prononçoit une Sentence, tandis que ſa bouche en dictoit une autre, & que ſa main en traçoit une troiſieme. Cependant il ſe faiſoit un jeu de ces occupations multipliées, & ſon eſprit au milieu d'elles ne perdoit rien de ſon en-

joüement & de sa délicatesse. On disoit com-
munément qu'il y avoit en luy deux perfonnes
differentes, dont l'une fous un œil effrayant, &
un vifage fevere confondoit le crime , & faifoit paflir la fraude & la violence. Dans l'autre, l'auftere D'ARGENSON n'avoit plus rien que
de guay & d'aimable dans les maniéres, dans
les difcours, & prefque dans la phyfionomie.
On ne le reconnoiffoit pour le mefme homme , que parce qu'on retrouvoit tousjours en
luy la mefme penetration, avec l'alliance efton-
nante de ces vertus fi rarement affociées , de
l'activité avec la gravité, de la feverité avec
la douceur, de l'aufterité avec l'agrément.

Du pofte important qu'il occupoit la Fortune l'éleva aux premiers honneurs. Que fi
dans un miniftere court, épineux , & traverfé,
il ne put remplir tous nos defirs ; au moins
donna-t-il des exemples remarquables de déf-
intereffement : exemples d'autant plus pre-
cieux, que cette vertu paroiffoit alors plus oubliée parmy nous. Tirons-en noftre profit ; &
imputons-nous fagement à nous-mefmes une
partie de nos malheurs. Ainfi que nos cupi-
ditez, nos craintes font fans mefure, nous por-
tons quelquefois noftre confiance, j'ofe le
dire, jufqu'à la folie, & nos défiances jufqu'au defefpoir , & ces paflions tousjours
extrefmes dans le peuple , font capables de

déconcerter les plus sages conseils.

Mais au milieu de nos inquietudes, ouvrons les yeux sur cet Astre nouveau, qui s'éleve sur nous, & qui nous promet des jours sereins. Un Roy dont la raison prévient les années, & qui, formé dés l'Enfance par des mains * que la France benira tousjours, a appris de bonne heure à joindre les graces de cet âge tendre, avec la gravité du Throsne, la vivacité de la jeunesse avec la discretion, la curiosité avec la retenuë. Ce n'est encore qu'une fleur, il en a la beauté; mais cette fleur précieuse nous promet des fruits dignes de la tige dont elle est sortie. Que dis je? c'est une plante qui dans son printemps nous presente desja quelques fruits, & qui nous en promet de plus abondants & de plus parfaits pour l'avenir. On voit dans ce Prince de la compassion pour les malheureux, elle nous annonce la tendresse qu'il aura pour son peuple. On remarque en luy de la fidelité à garder un secret, c'est un pronostic que la sagesse présidera à ses conseils. On trouve en luy une pieté édifiante, qui pendant les divins mysteres captive ses sens sous les loix de la modestie, c'est une marque que la Religion trouvera dans le Roy un disciple fidele & un défenseur zelé.

Nous ressentions ce que tant de vertus naissantes ont de consolant pour nous, lorsqu'une

* M^e la Duchesse de Ventadour.

maladie perilleuſe a preſque moiſſonné de ſi douces eſperances. Dieu puiſſant! vouliez-vous eſprouver noſtre tendreſſe, ou nous apprendre à connoiſtre le prix du treſor que vous nous avez donné? Nous l'avons connu. Vous l'avez rendu à nos cris. Soyez-en beni à jamais. Mais eſpargnez-nous deſormais de ſi cruelles allarmes.

Tout ce qui approche le Roy ſert à flatter nos deſirs & à nourrir nos eſperances. Sont-ce des hommes qui le gouvernent, ou qui l'inſtruiſent? ne ſont-ce pas pluſtoſt des vertus celeſtes qui ſous une forme humaine, ſont auprés du jeune LOUIS les Miniſtres de la bonté de Dieu, qui veut rendre les peuples heureux par les vertus de leur Roy.

Je vois prés de luy, d'un coſté la Sageſſe, la Valeur, la Grandeur, la Magnificence, la Bonté, la Probité ſous l'exterieur d'un Maréchal de France*. De l'autre, c'eſt la Religion meſme, qui ſous la forme d'un Eveſque*, exerce ce cœur docile aux devoirs de la Pieté. Je la reconnois à cet attrait modeſte, qui inſpire tout à la fois le reſpect & la confiance. Elle verſe dans le cœur du Roy, ce qu'elle reſſent dans le ſien de zele pour la foy, d'amour pour l'Egliſe, de tendreſſe & de reſpect pour Dieu. Qu'apperçois-je encore prés du jeune Monarque? la Verité qui approche ſi rarement du

Throſne

* M. le Mareſchal de Villeroy.

* M. l'Eveſque de Frejus.

Throſne des Rois, je la vois qui préſide à l'éducation de celuy-cy dans la perſonne d'un Prince*, dont la ſincerité fait le premier caractere, & qui hait ſouverainement la duplicité & l'artifice.   * S. A. S. M. le Duc.

O peuples! ſoyez heureux dés ce jour du bonheur avenir que le Ciel vous prépare. Rapprochez par l'eſperance, une felicité qu'il vous fait enviſager de loin. A David belliqueux ſuccedera le pacifique Salomon. Sans répandre de ſang, il conſervera la gloire que ſon Biſayeul nous a acquiſe, & il nous ſoûlagera de ce que cette gloire a pû nous couſter. Il triomphera de nos maux domeſtiques par l'abondance, comme LOUIS XIV. a triomphé de nos ennemis par la terreur de ſes armes.

Et Vous, MESSIEURS, préparez dés ce jour les éloges que vous donnerez à ce Roy, bon, juſte, clement & religieux, puiſqu'il ſe prépare dès maintenant à les meriter. Haſtez-vous d'amaſſer des couronnes dignes de luy. Qu'il le ſçache. Et que leur veuë excite dans ſon cœur le deſir de les acquerir. Que ſçai je s'il n'eſpuiſera pas par ſes vertus, les éloges deus à un Roy pacifique, comme ſon Biſayeul déconcerta pluſieurs fois par la rapidité de ſes conqueſtes, les loüanges que vous prépariez à ſes victoires!

Pour moy, aſſocié à ce devoir par vos bontez, je mefleray ma voix aux voftres, j'imiteray vos chants pour ne rien dire qui ne foit digne de vous. Mais en celebrant avec vous le bonheur des peuples & leur reconnoiſſance, je n'oublieray point celle que je vous dois pour l'honneur dont vous me comblez aujourd'huy. J'en parleray fans doute avec peu d'éloquence, mais j'en parleray tousjours : & j'aime mieux qu'on m'accufe d'eftre inferieur au rang que vous me donnez, que de meriter qu'on me reproche de n'y eftre pas affez fenfible.

APRÉS QUE M. L'EVESQUE de SOISSONS *eut achevé son Discours, Monsieur* MALET *Directeur de l'Académie, respondit,*

 ONSIEUR,

Je n'entreprendray point de respondre aux loüanges que vous donnez à l'Académie, ni de vous donner celles que vous meritez : Nous avons suivi les loix ordinaires & prescrites pour les Elections, & si vous montez aujourd'huy d'un degré dans la Republique des Lettres, le remerciment que vous venez de faire à l'Académie, justifie la sagesse de son choix, & la confirme dans l'opinion qu'elle avoit de vous.

Il regne dans toutes les parties de vostre Discours une diction pure & polie, une imagination vive & feconde, un genie noble & élevé. Ces talens sont hereditaires dans vostre Famille, & l'on y trouve également dequoy former

l'accord harmonieux de l'Eloquence, & celuy
de la Politique.

De plus grandes qualitez & de folides vertus
me font paſſer legerement ſur voſtre Erudition,
& ſur l'eſtenduë de vos connoiſſances : mais ne
dois-je pas ſçavoir que la loüange n'eſt qu'une
foible recompenſe de la vertu , & que les perſonnes, qui ſont comme vous élevées aux premieres dignitez de l'Egliſe, ne l'eſcoutent jamais ſans peine , & la regardent preſque tou-
jours comme une politeſſe dangereuſe , qui
alarme leur modeſtie?

Je n'ay ni l'intelligence ni la capacité ne-
ceſſaires pour parler de cette douceur & de cette
charité , dont vous portez les principes dans le
cœur, de cette ſimplicité & de ce zele qui vous
font entrer dans les differents beſoins du trou-
peau qui vous eſt confié. Je connois tout le prix
de ces vertus, mais je craindrois d'en affoiblir la
gloire.

En me ſervant du pouvoir que l'Académie
donne à ceux qui ont l'honneur de parler pour
elle, je dois vous dire, Monsieur, que vous
entrez dans une Compagnie qui ne connoiſt
d'autres biens que ceux de l'eſprit, & qui honore plus la Sageſſe que la Fortune, où regne
une ſocieté douce, & une émulation noble, où
chacun de nous vient dépoſer ſes connoiſſances
& ſes lumieres , ſe dépoüiller de ſon propre

fonds, & par un échange continuel & volontai-
re, s'enrichir de celuy des autres. Plus vous avez
de talens, plus vous contractez d'obligations.
Assujetti à nos loix & à nostre discipline, sou-
venez-vous, toutes libres qu'elles sont, que vous
estes presentement chargé d'une portion du
travail commun.

Je ne vous parleray point de la naissance de
l'Académie, c'est l'ouvrage d'un grand Cardinal, plus recommandable encore par la force
de son genie, par l'importance & le succés de
ses entreprises, que par ses dignitez & par sa
fortune. RICHELIEU, cette ame du premier ordre, & que le ciel avoit choisie & destinée pour
estre maistresse des autres, voulut en establissant
l'Académie, que chaque Académicien eust son
rang & sa fonction dans l'Empire des Lettres :
vous venez partager avec nous l'honneur de
cet establissement, vous venez en mesme-temps
partager la reconnoissance que nous devons à
nostre Illustre Fondateur, & vous ne pouvez
nous refuser une partie du temps que vous
n'employerez pas aux devoirs de l'Episcopat.

Vous succedez, MONSIEUR, à un Magi-
strat, qui avoit esté jugé digne des premieres
places, long temps mesme avant que d'y arriver.
Rappellons ces temps, où chargé de l'Admini-
stration generale de la Police, il en remplissoit
tous les devoirs avec autant de facilité que de

vigilance. Une capacité esclairée & de détail adouciſſoit la peſanteur du fardeau dont il eſtoit chargé: une ſeverité diſcrete & compatiſſante ne luy faiſoit punir que ce qu'il ne pouvoit corriger : une hardieſſe ſage & reflechie ne laiſſoit rien aller au hazard de ce que la prudence pouvoit regler. Dans les occaſions difficiles & tumultueuſes, où les loix ſont preſque tousjours ſans force, où chacun occupé de ſa propre conſervation eſcoute plus ſa neceſſité que la voix du Magiſtrat, on l'a veu également agiſſant & tranquille pourvoir à tous les beſoins, & reſtablir par tout l'ordre & la paix. Il perſuadoit les uns, il intimidoit les autres, il raſſeuroit ceux-cy par ſa fermeté, il encourageoit ceux-là par ſon exemple, & dans les dangers publics, il portoit luy-meſme les premiers ſecours.

Les fatigues genereuſes qu'il eſſuya pour remplir ſes devoirs, & la reputation qu'il s'eſtoit acquiſe, le conduiſirent enfin aux premieres dignitez & aux premieres places. Cette reputation eſtoit d'autant plus ſolide, qu'elle eſtoit fondée ſur des ſervices dont le Public avoit recueilli tout le fruit & tous les avantages ;

Et ſi LOUIS a aſſeuré le repos & le veritable bonheur à ſes Peuples en eſtabliſſant les loix d'une juriſprudence entierement conſacrée à l'utilité commune, j'oſe dire qu'il a fait honneur à ſa ſageſſe en confiant le précieux dépoſt

de ſes ordres à un Magiſtrat auſſi capable de
fouſtenir l'autorité de ces meſmes loix.

C'eſt par des choix auſſi heureux & auſſi
ſages qu'un Roy fait paroiſtre la ſuperiorité de
ſon diſcernement : mais toutes les actions de
LOUIS ne ſont-elles pas marquées à ces meſmes caracteres de prudence & d'équité ? Vous
avez fait, MONSIEUR, un ſi beau portrait de ſes
vertus, & vous avez expliqué avec tant d'Eloquence la protection dont il honora l'Académie, en l'approchant de ſon Throſne, & en la
croyant neceſſaire à la gloire de la Nation, que
je me contenteray de dire que ſi LOUIS fut
par ſa naiſſance le plus grand des Rois, ſes exploits, ſa juſtice & ſa pieté l'ont rendu le plus
grand des hommes.

Que de vertus à imiter ! & quelle glorieuſe
ſucceſſion à recueillir pour noſtre jeune Roy !
Sa ſanté attaquée l'a rendu pendant quelques
jours l'objet de noſtre douleur & de nos craintes ; mais il eſt devenu par une prompte gueri-
ſon, celuy de noſtre joye & de nos eſperances :
elles ſont encore augmentées par la connoiſſan-
ce que cet accident nous a donné de ſa fermeté,
& de la bonté de ſon temperamment, & nous
voyons avec plaiſir dans ſes yeux & ſur ſon vi-
ſage ces meſmes rayons de Majeſté temperez
par des traits de douceur & de bonté qui pro-
duiſent le reſpect & l'amour dans le cœur des

Peuples. L'Illuſtre Prelat, qui eſt chargé de ſon inſtruction, trouve dans toutes ſes actions des gages aſſeurez de noſtre felicité, ce qui manque à l'âge eſt remplacé par un heureux naturel, & dans la ſaiſon des premieres fleurs, il porte desja des fruits. Que n'en devons nous point attendre, puiſque la Providence a place auprés de ſa perſonne un Grand Homme, capable par l'amour de la verité, & le zele du bien public, de former une ame vrayment Royale (vertus & emplois hereditaires dans ſa Maiſon); & que le Prince qui nous gouverne, & qui joint les richeſſes de toutes les ſciences à tous les principes d'équité, de politique & de Gouvernement, luy apprendra le grand art de regner & les moyens d'aſſeurer le bonheur de la Nation?

VERS

PRONONCEZ AU ROY,

SUR SA CONVALESCENCE,

Par Monsieur DE LA MOTTE, *de l'Académie Françoise.*

QU'UN feul jour enfante d'allarmes !
Tes maux naiſſoient ; desja les larmes
Couloient de tous les yeux François ;
CHER PRINCE, une crainte mortelle
Defoloit ce peuple fidelle,
Fameux par l'amour de ſes Rois.
Mais le Ciel ſatisfait des premieres menaces ,
Fait luire les moments heureux ;
Et par ce prompt ſecours nos actions de graces
Se confondent avec nos vœux.

Joüis de cette longue joye
Qu'à l'envi ton peuple déploye
Aprés de ſi vives douleurs ;
Et du zele qui le ſignale
Reconnois une preuve efgale,
Et dans ſa joye & dans ſes pleurs.

A

Pour nous, dans le danger qui menaçoit ta vie,
Plus de plaifirs; plus de repos;
Dés qu'elle t'eft renduë au gré de noftre envie,
Nous ne connoiffons plus de maux.

Quelle voix fidelle s'empreffe
A te conter noftre allegreffe,
Victorieufe du fommeil ?
Qui te peindra ces nuits brillantes,
Où nos Feftes eftincelantes
Trompent l'abfence du Soleil ?
Avec affez d'ardeur quelle bouche t'exprime
La tendreffe de nos difcours,
Et ces cris enflammez que fans ceffe ranime
Le feul intereft de tes jours ?

Ainfi du bonheur dont la France
Fonde en Toy l'heureufe affeurance,
Tu recueilles desja le prix;
Ainfi lorfque ton peuple efpere
Qu'en Toy tu luy formes un pere,
Il a pour Toy le cœur d'un fils.
Acheve de former ce Souverain augufte
Qu'en Toy tous les yeux ont pleuré;
Acheve de former ce Roy fenfible & jufte
Que noftre joye a celebré.

LA NAYADE

DES THUILLERIES,

Sur l'heureux Reſtabliſſement de la ſanté du ROY.

LE Fleuve dont les eaux tranquilles
Embeliſſent le ſein de la Reine des Villes,
Avoit quitté ſa ſource, & viſitoit ſes bords :
Il arrive, il entend mille cris d'allégreſſe,
　　Et voit tout Paris qui s'empreſſe
A faire de ſa joye eſclater les tranſports.
　　Surpris il s'arreſte ; il appelle
Du Palais de nos Rois la Nayade fidelle ;
　　Nymphe, qui par le choix des Dieux,
Partageant les honneurs de Zephire & de Flore,
　　Dans ces Jardins delicieux,
Baignez les jeunes fleurs & les preſſez d'éclore,
Parlez, de quels concerts retentit ce ſejour ?
　　Quels feux, transformez en eſtoiles,

A

Dans l'abfence du Dieu du jour,

Ont de la Nuit obfcure efcarté tous les voiles?

D'ou naiffent ces plaifirs, ces danfes, ces feftins?

De quels nouveaux bienfaits nous comblent les deftins?

Dieu de ces bords, dit elle, à quels torrens de larmes

Succedent ces Ris & ces Jeux!

Helas! vous eftes trop heureux

D'avoir ignoré nos allarmes!

Noftre Roy, noftre efpoir, nos plus cheres amours,

Ce refte précieux du plus grand des Monarques,

Ce Prince.... j'en fremis, nous avons veu fes jours

Menacez du Cifeau des Parques!

Vous fremiffez vous-mefme, ah! quels troubles affreux

Agitoient fon peuple fidelle,

Aux moments qu'une ardeur cruelle

Pour cette tendre Fleur faifoit craindre fes feux!

Tel qu'un Lis, la gloire de Flore,

Qu'en naiffant l'Aurore embelit;

Si-toft que du Midy la chaleur le devore,

Perd fon efclat, & s'affoiblit:

Desja fa tige languiffante

Succombe fous le poids de fa tefte mourante;

Tel, ce Prince charmant, digne prefent des Dieux,

Perdoit tous les attraits dont il brille à nos yeux.

Je ne vous diray point la douleur répanduë,

La terreur portée en tous lieux,

Les pleurs d'une Cour éperduë :

Eh! de quelles couleurs peindrois-je Villeroy

Plus languiffant encor, plus mourant que fon Roy?

La valeur du Guerrier, ni la raifon du Sage

Ne parent point de fi grands coups,

Il croit voir les Deftins jaloux

Prefts à luy ravir fon ouvrage.

Un regard, un foufpir de fon Prince accablé

Penetre fon ame fenfible!

Il fe trouble, il paflit à ce peril terrible,

Le feul où fon cœur ait tremblé.

Et toy *, qui nous a fait admirer ta prudence,

Lorfque de noftre Roy tu cultivois l'enfance,

Et préparois fon jeune cœur

A ce qui doit un jour fonder noftre bonheur,

* Madame la Duchefle de Ventadour.

Quelle mere jamais , livrée à la tristesse,

Voyant, dans son effroy, le bucher préparé

Pour un Fils expirant, seul fruit de sa tendresse,

Sentit de plus de traits tout son sein déchiré ?

Mais, pourquoy rappeller ces images cruelles ?

Des horreurs du trépas nostre Roy sort Vainqueur,

Il a desja repris ces Graces naturelles

Qui luy sçavent ouvrir tous les chemins du cœur.

Chantez, Muses, chantez : il aime à vous entendre :

    Le plus cher de vos Favoris, *

Soigneux de le former dés l'âge le plus tendre,

Luy fait de vos talents connoistre tout le prix.

Vous le verrez bien-tost sur cette heureuse rive,

    A la douceur de vos Chansons

    Prester une oreille attentive ;

    Excitez tous vos Nourrissons :

    Qu'à luy plaire chacun s'empresse,

Mais, ne l'occupez point par de frivoles sons,

Sous l'attrait du plaisir montrez-luy la sagesse,

Et jusques dans ses jeux tracez-luy des Leçons.

* M. l'Evesque de Frejus.

Peignez les vifs tranſports que la France déploye;

Et luy faiſant voir noſtre amour,

Source unique de noſtre joye,

Dites-luy, qu'il nous doit le plus tendre retour.

Ce n'eſt point la magnificence,

Ni la gloire des grands exploits,

C'eſt, l'amour mutuël des Peuples & des Rois

Qui d'un Throſne eſclatant affermit la puiſſance:

Qu'à regner dans les cœurs il borne ſes projets,

Nous l'aimons, noſtre amour eſpere

Qu'il gouvernera ſes Sujets

Moins comme Roy, que comme Pere.

Nymphe, n'en doutez point: il comblera nos vœux,

S'eſcrie, à ce recit, le Fleuve de la Seine;

Favorables Deſtins, Puiſſance ſouveraine,

Qu'il vive ſeulement, & nous ſommes heureux.

Vous, Nymphe, marquez voſtre zele,

Raſſemblez à ſes yeux les innocens Plaiſirs,

Le Ciel le rend à nos deſirs,

Je cours, au Dieu des Mers en porter la nouvelle.

DANCHET, de l'Académie Royale des Inſcriptions & des belles
Lettres, & l'un des Quarante de l'Académie Françoiſe.

COMPLIMENT
FAIT AU ROY,

SUR LE RESTABLISSEMENT DE SA SANTÉ.

Par M. MALET *Directeur de l'Académie Françoise.*

IRE,

La maladie de VOSTRE MAJESTE' l'a mise en eftat de connoiftre par Elle-mefme, qu'-Elle eft tendrement aimée de fes peuples: leurs allarmes, ainfi que leur joye, leurs Prieres, ainfi que leurs Actions de Graces, toutes ces acclamations publiques & continuelles Vous difent affez, SIRE, que vos Sujets regardent la vie de VOSTRE MAJESTE', comme le premier & le plus précieux de tous leurs biens. Ces fentiments , qui partent de leurs cœurs, leur font efperer un retour d'affection de la part de VOSTRE MAJESTE'. Qu'un Regne fondé fur l'amour mutuel du Prince & du Sujet doit eftre heureux ! Puiffe le Voftre, S I R E, efgaler & furpaffer mefme, s'il eft poffible, celuy de voftre augufte Bifayeul, & puiffent tous les jours de VOSTRE MAJESTE', eftre marquez par des traits de Gloire, de Juftice & de Bonté. Ce font les vœux que l'Académie Françoife vient former aux pieds de fon Roy & de fon Protecteur, en renouvellant à VOSTRE MAJESTE', les affeurances de fon zele & de fon profond refpect.

PRIVILEGE DU ROY.

LOUIS par la grace de Dieu Roy de France & de Navarre : A nos
amez & Feaux Confeillers les Gens tenants nos Cours de Parlement,
Maiftres des Requeftes ordinaires de noftre Hoftel, Grand Confeil, Pre-
voft de Paris, Baillifs , Senefchaux , leurs Lieutenants Civils & autres nos
Jufticiers qu'il appartiendra , SALUT : Noftre bien amé JEAN BAPTISTE
COIGNARD, noftre Imprimeur ordinaire & de l'Académie Françoife à Paris,
Nous ayant fait remontrer que depuis prés de vingt-quatre ans il fe feroit
appliqué à l'impreffion des Ouvrages compofez par l'Académie Françoife,
& qu'en ladite qualité de fon Imprimeur ordinaire , il auroit réimprimé
tous les Difcours & Pieces de Poëfie qui font trouvez dignes de remporter les prix que ladite Académie donne , & les autres Difcours &
Pieces qu'elle juge dignes d'eftre donnez au Public ; qu'il auroit auffi
fait réimprimer en un Recuëil tous les Difcours prononcez , tant aux receptions des Académiciens , qu'en d'autres occafions differentes , mefme
l'Hiftoire de ladite Académie Françoife avec les fentiments de cette
Compagnie fur le Cid ; lefquels Livres il defireroit réimprimer & continuer à en donner de nouveaux Recuëils à fur & mefure qu'ils fe trouve-
ront en eftat d'eftre donnez au Public , & d'imprimer tous les Difcours
& autres Ouvrages de Profe ou de Poëfie que l'Académie luy mettra
entre les mains , lefquels Ouvrages il ne peut réimprimer ou imprimer
de nouveau fans s'engager dans une trés grande defpenfe : Nous , vou-
lant favorifer ledit COIGNARD , & l'encourager de fatisfaire aux ordres que l'Académie Françoife luy voudra donner · Nous luy avons per-
mis & accordé , permettons & accordons par ces Prefentes, de réimprimer & continuer à imprimer tous *les Difcours & Pieces de Poefie , qui*
font trouvez dignes de remporter les Prix de l'Académie Françofe , & les
autres Difcours prononcez , tant aux Receptions d'Academiciens , qu'en d'au-
tres occafions , & generalement tous les Difcours & Pieces de Poefie que la-
dite Académie veut faire imprimer , avec la Relation contenant l'Hiftoire
de l'Académie : en telle forme , marge , caractere , en un ou plufieurs
Volumes, conjoinement ou feparément , & autant de fois que bon luy
fembleia , & de les vendre , faire vendre & debiter par tout noftre Royaume , pendant le temps de DIX ANNE'ES confecutives , à compter du jour
de la date defdites Prefentes : Faifons défenfes à toutes fortes de perfonnes , de quelque qualité & condition qu'elles foient , d'en introduire
d'impreffion eftrangere dans aucun lieu de noftre obéïffance , & à tous
Imprimeurs , Libraires & autres., d'imprimer , faire imprimer , vendre ,
faire vendre , debiter , ni contrefaire lefdits Livres en tout ni en partie ,
ni d'en faire aucuns extraits fous quelque prétexte que ce foit , d'au-
gmentation , correction, changement de titre , de traduction en Langue
Latine , Langue Grecque , Langue Hebraïque , ou autrement, fans le
confentement par efcrit dudit Expofant , ou de ceux qui auront droit de
luy , à peine de confifcation des Exemplaires contrefaits , de fix mille livres d'amende contre chacun des contrevenants , dont un tiers à Nous ,

un tiers à l'Hoftel Dieu de Paris, l'autre tiers audit Expofant, & de tous
defpens, dommages & interefts ; à la charge que ces Prefentes feront en-
regiftrées tout au long fur le Regiftre de la Communauté des Imprimeurs
& Libraires de Paris, & ce dans trois mois de la date d'icelles, que l'impreffion defdits Livres fera faite dans noftre Royaume, & non ailleurs, en
bon papier & en beaux caractéres, conformément aux Reglemens de la
Librairie; & qu'avant que de les expofer en vente, il en fera mis deux Exemplaires dans noftre Bibliotheque publique, un dans celle de noftre Cha-
fteau du Louvre, & un dans celle de noftre tres cher & feal Chevalier
Chancelier de France, le Sieur PHELYPEAUX, Comte de Pontchartrain,
Commandeur de nos Ordres, le tout à peine de nullité des Prefentes: Du con-
tenu defquelles vous mandons & enjoignons de faire joüir l'Expofant ou
fes ayans caufe, pleinement & paifiblement, fans fouffrir qu'il leur foit
fait aucun trouble ou empefchement. Voulons que la copie defdites Prefentes, qui fera imprimée au commencement ou à la fin defdits Livres,
foit tenuë pour deuëment fignifiée, & qu'aux copies collationnées par
l'un de nos amez & feaux Confeillers & Secretaire, foy foit adjouftée
comme à l'original. Commandons au premier noftre Huiffier ou Sergent
de faire pour l'execution d'icelles tous Actes requis & neceffaires, fans
demander autre permiffion, & nonobftant clameur de Haro, Charte Nor-
mande, & Lettres à ce contraires : car tel eft noftre plaifir, DONNE' à
Fontainebleau le 14. jour de Septembre l'an de grace 1713. & de noftre
Regne le 71. Par le Roy en fon Confeil, FOUQUAT.

*Regiftré fur le Regiftre N. 3. de la Communauté des Imprimeurs & Libraires
de Paris, page 658. N. 743. conformément aux Reglemens, & notamment à
l'Arreft du 13. Aouft. 1703. Fait à Paris le 3. Octobre 1713.*